빨개져바린

아하 치부에 대한 이야기를 만드는 걸 좋아합니다.
아마 치부까지도 사랑받고 싶은가 봐요.
디자인 학교에서 공부했고, 주로 일러스트와 회화 작업을
하고 있습니다. 《빨개져버린》은 저의 첫 책입니다.
앞으로도 이야기를 계속 만들어나가고 싶습니다.

빨개져버린

아하 지음

아름드리미디어

빨간 부분이 점점 더 커질 텐데, 시간 지나면 괜찮아질 거예요.
신경 쓰이면 안대 착용하셔도 됩니다.

안대를 쓴 나는 낯설었다.

사실 그보단 당장 학교 갈 일이 걱정이었다.

내 유일한 친구는
나와 다른 반이다.

우리 반에 가는 게
걱정되기 시작했다.

내 눈을 본 반응은 다양했다.

궁금해하는 애

걱정하는 애

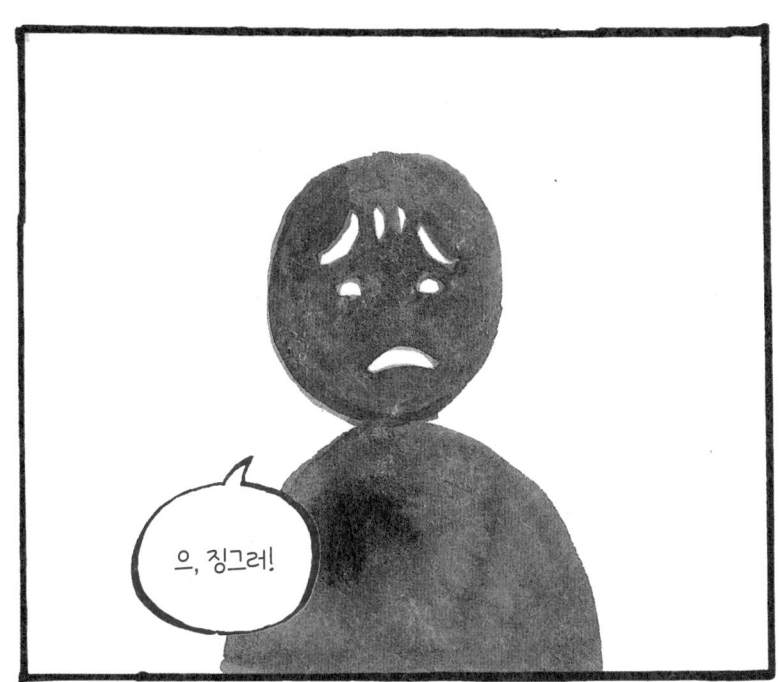

징그러워하는 애….

애는 뭐야?

나는

그냥 조용히 안대를 다시 썼다.

야, 선생님 온다!

내심… 오랜만에 받은 관심이 좋았던 것도 같다.

어른들의 반응은 달랐다.

아빠는 별말 없었고

선생님은 안타까워했다.

아빠한테 서운하진 않았다.

이미 익숙했으니까.

오히려 선생님 반응에 어쩔 줄 몰랐다.

엄마는 아빠가
나를 걱정했다 했지만
잘… 모르겠다.

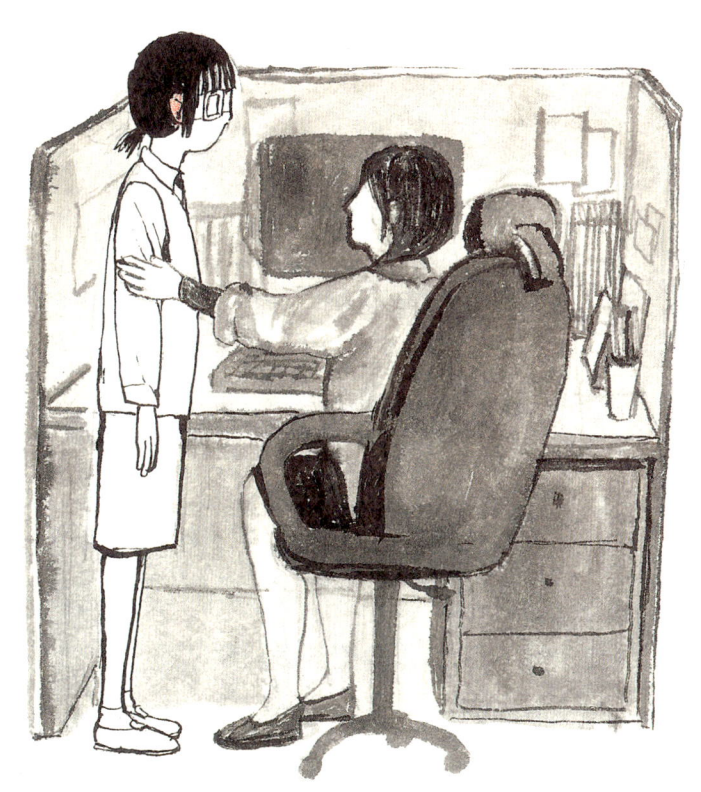

그야, 걱정은 원래 선생님처럼 하는 거니까.

선생님뿐만 아니라

버스 기사 아저씨도

분식집 아주머니도 날 걱정해 줬다.

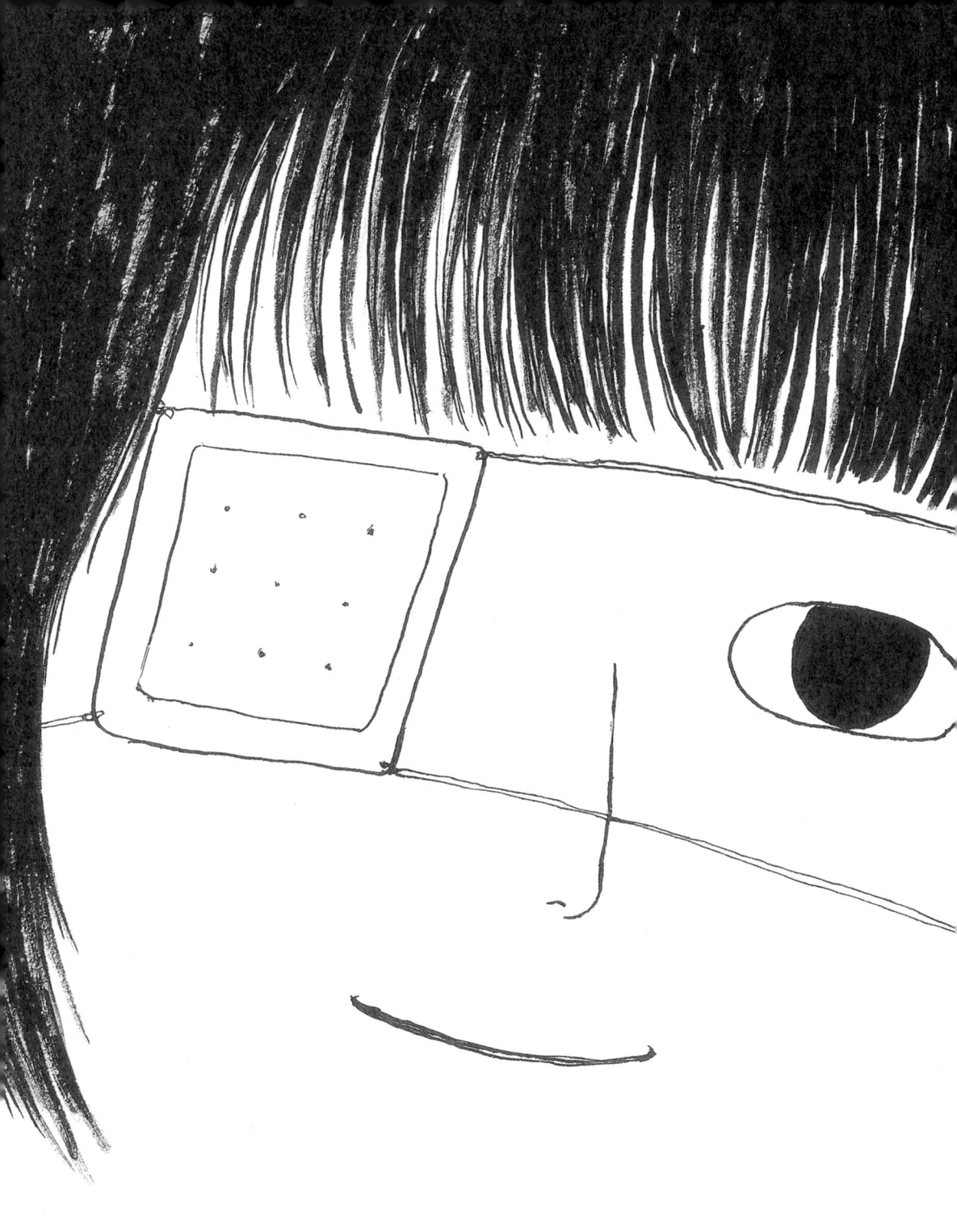

안대를 쓴 내가 좀 멋있었기 때문에.

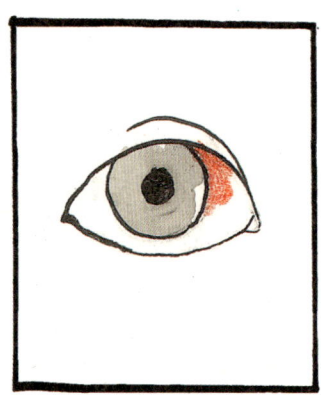 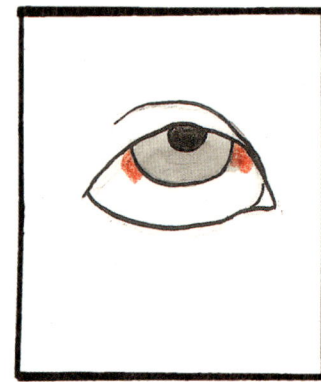 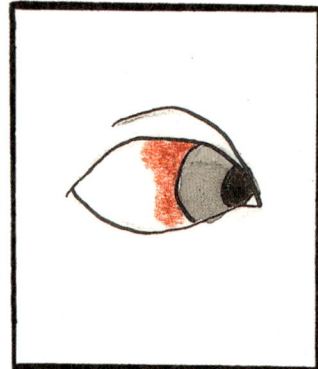

거울을 보는 게

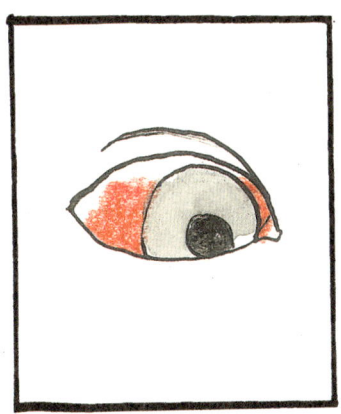 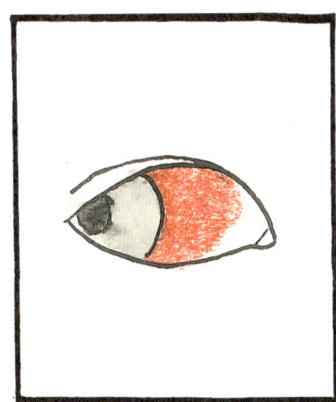 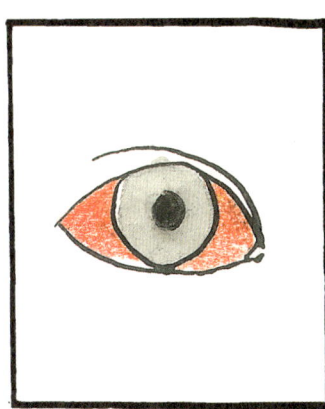

습관이 됐다.

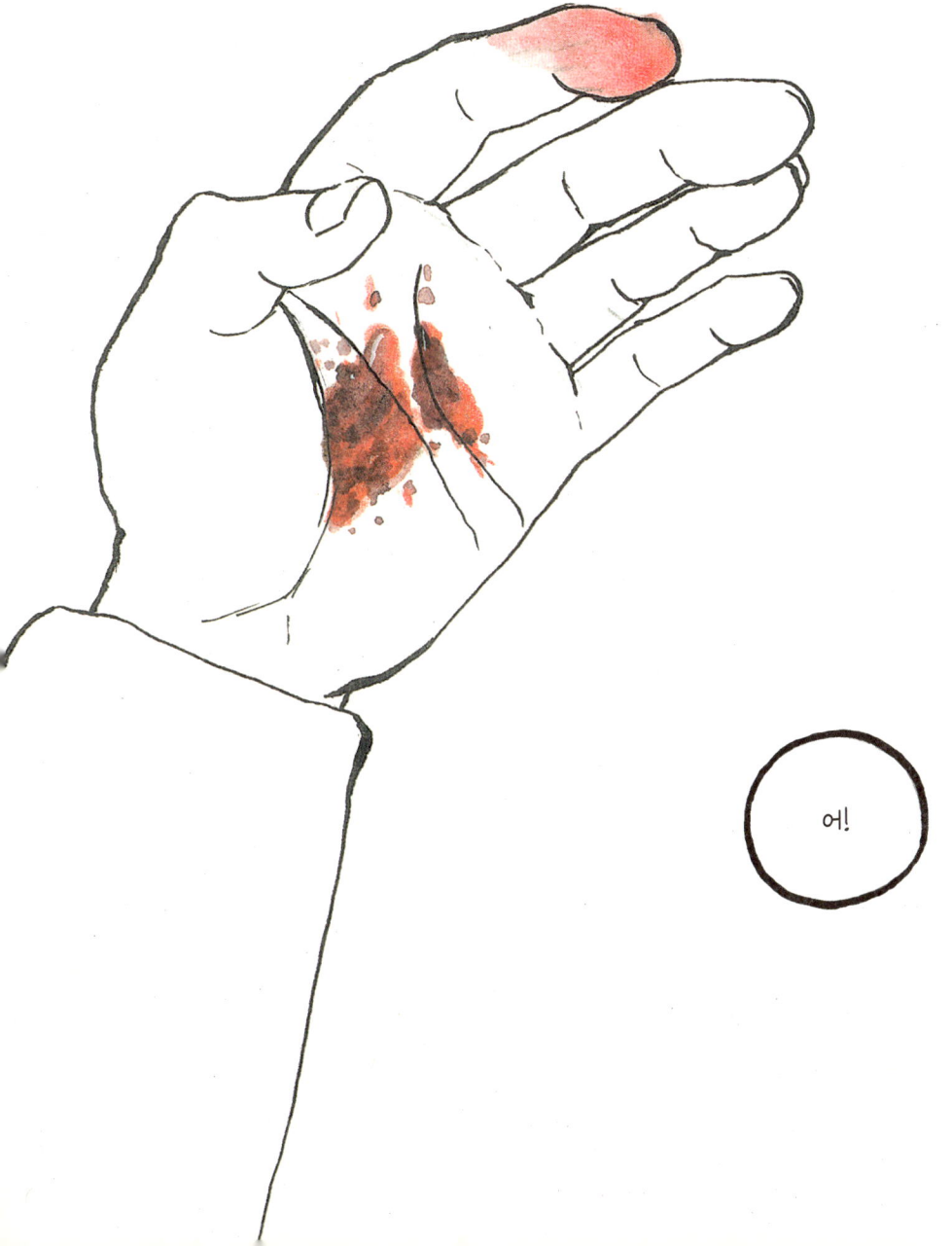

엄마, 나 또 코피 나.

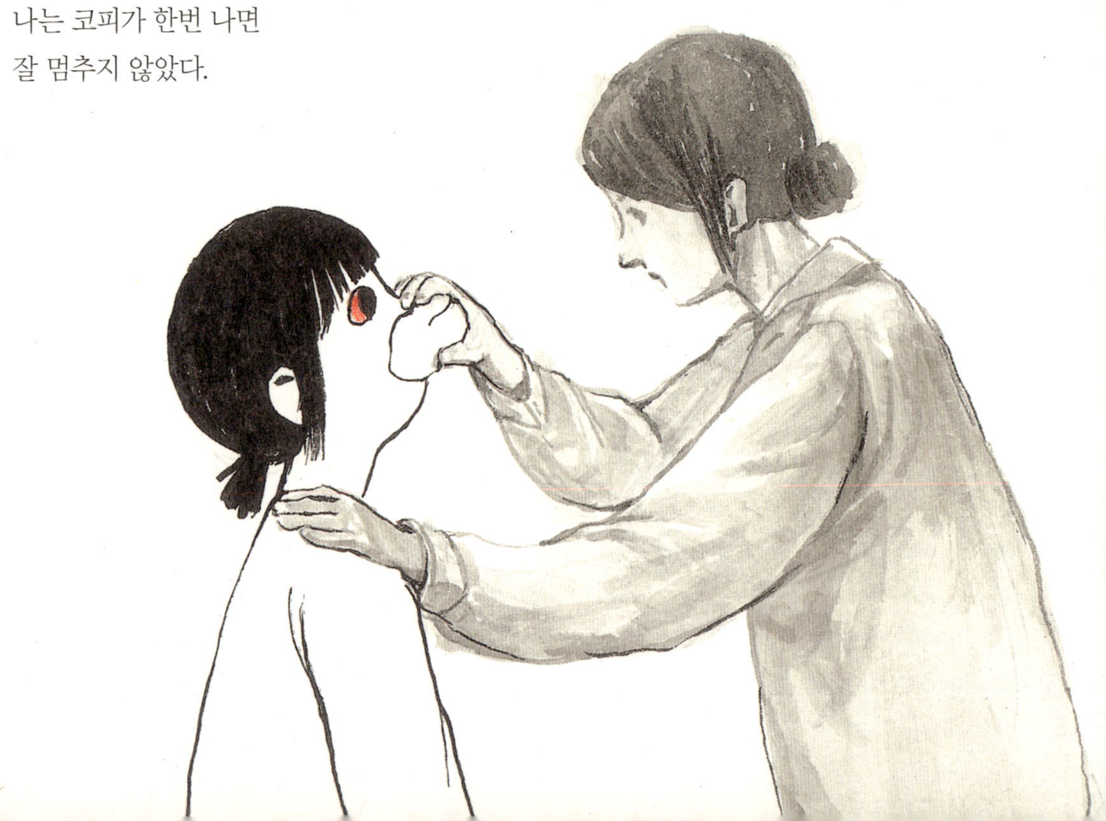

나는 코피가 한번 나면
잘 멈추지 않았다.

엄마, 그래도 다행이지.

뭐가.

아픈 거 아니라서.

그치.

나 좀 창피해.

엄마도.

뭔가 웃기다, 그치?

뭐가?

그 뒤로 코피가 나는 일은 없었다.

심지어 모르는 사람이 찾아오기도 했다.

교실로 돌아왔을 때

이상한 소문이 돌기도 했다.

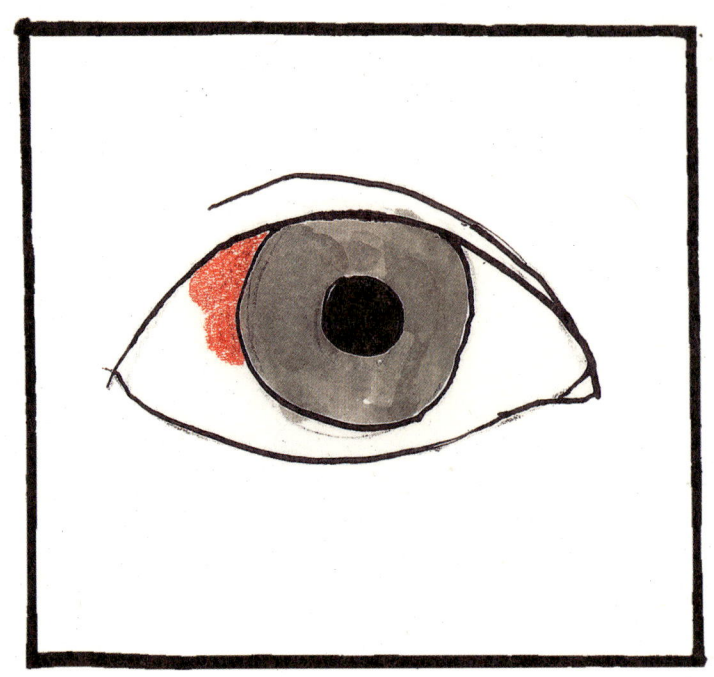

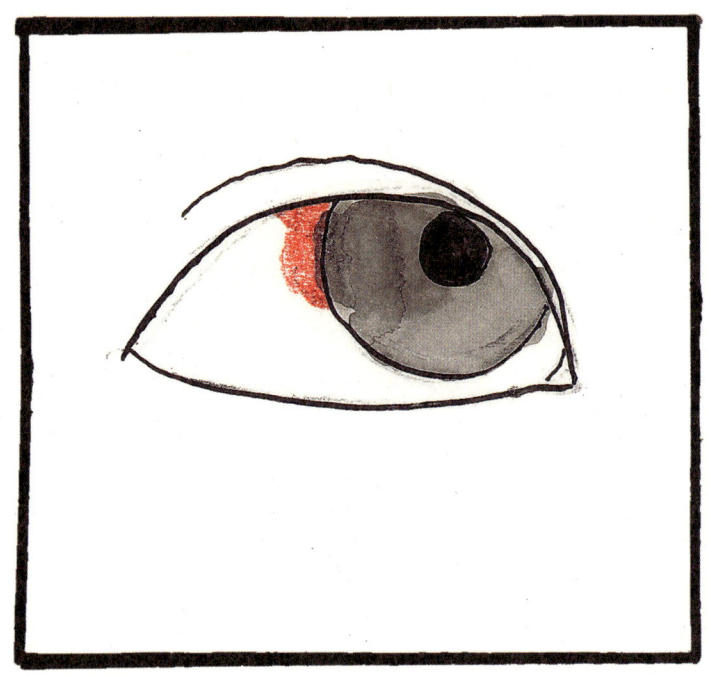

눈이 점점

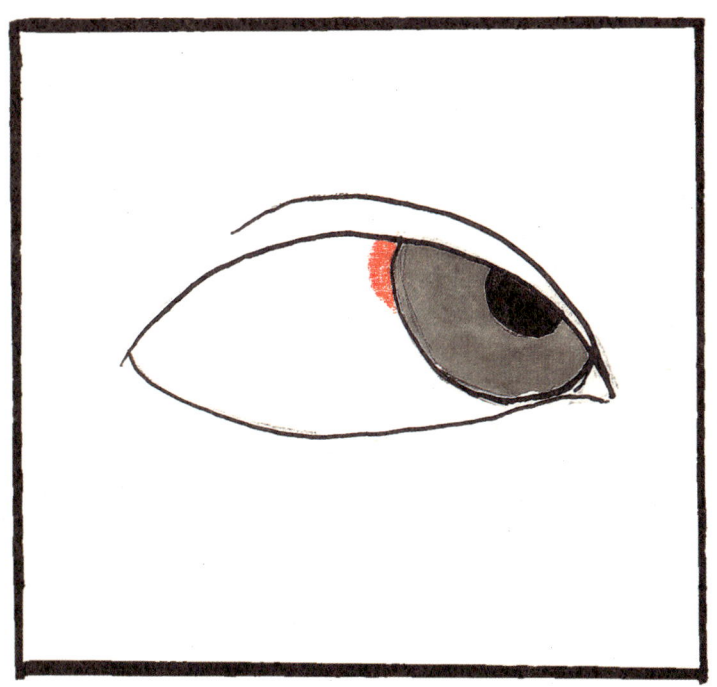

나아졌다.

나는 살짝 불안해졌다.

그래서 안대를 벗을 수가 없었다.

뭐?

아니, 너 그거 낀지 꽤 됐잖아.
이제 뺄 때 된 거 아냐?

아직 징그러워서 안 돼!
나도 벗고 싶거든!

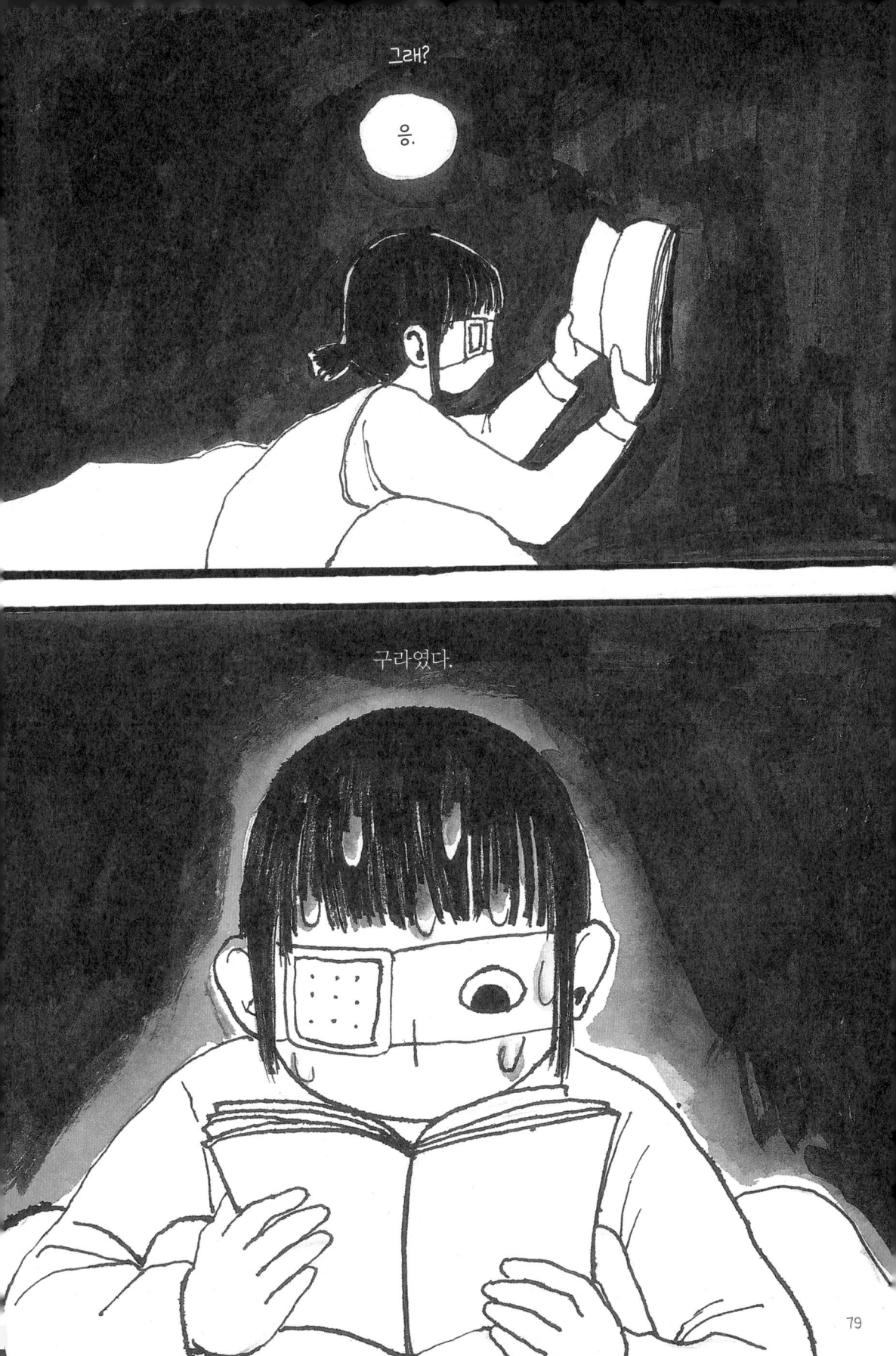

나는 집에 들어갈 때
안대를 벗어
가방에 넣었고,

학교 갈 때는
안대를 꺼내
다시 썼다.

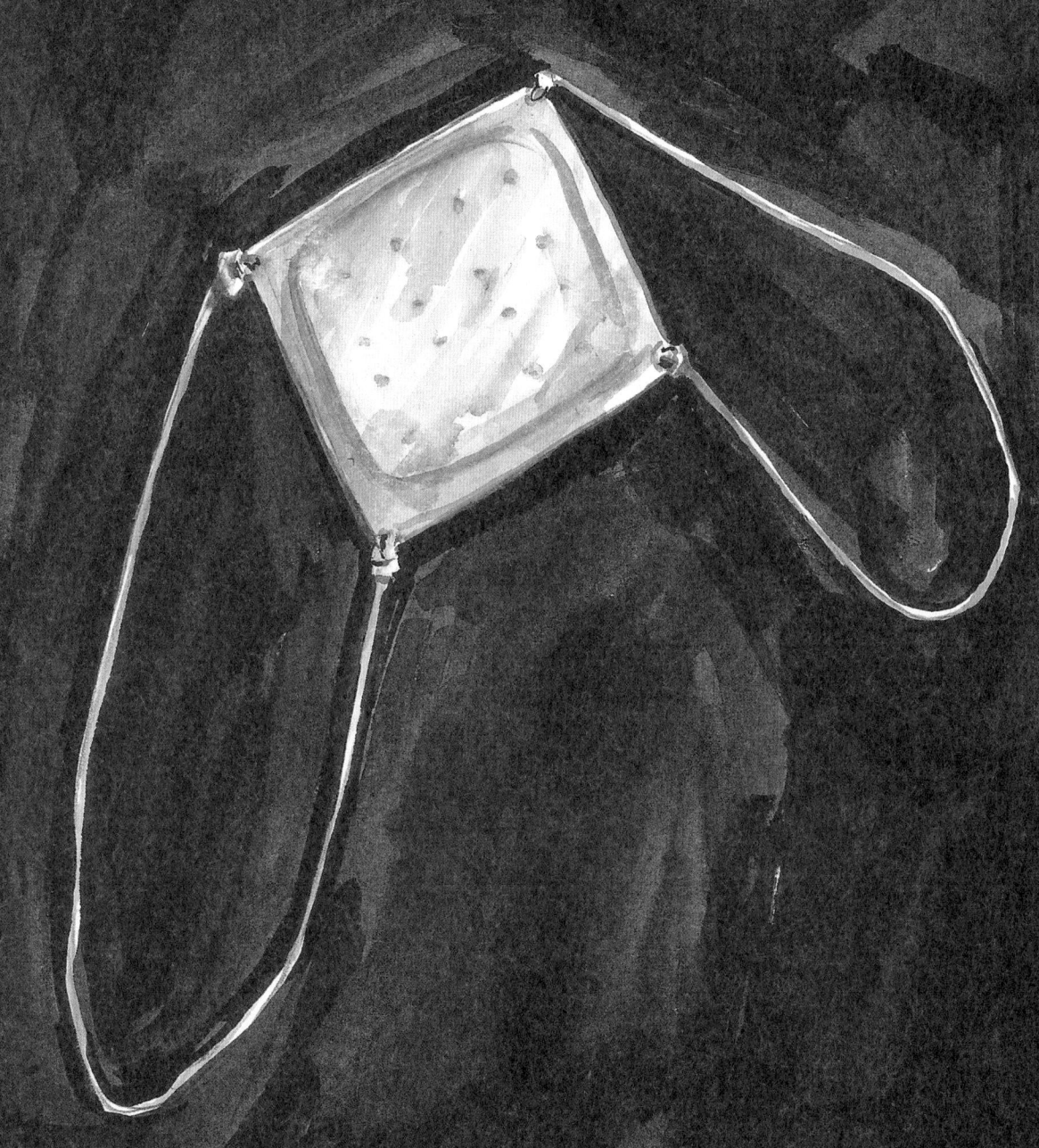

안대가 더러워지는 건 당연했다.

더러운 안대가 창피했지만

그래도 벗을 수가 없었다.

화가 나서 걔를 때렸다.

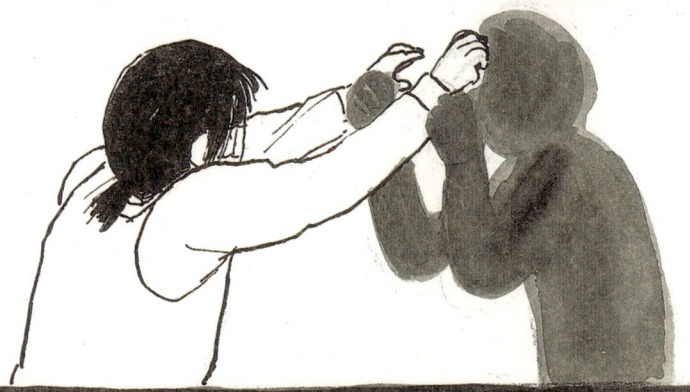

걔는 나보다 싸움을 잘하는 애였고,

나는 일방적으로 맞기 시작했다.

나는 서럽게 울었다.

맞은 게 아팠던 건지,
안대 밑에 아무것도 없던 게
들통나서 창피한 건지, 아니면
나는 아무것도 아니란 말이
아팠던 건지 알 수 없이 그냥 계속 울었다.

나와 싸운 애는 이미 집에 가고 없었지만
얼굴을 들 수가 없었다.

언니는

평소와 같았다.

엄마는 속상해했다.

그래도 가족들의 그저 그런 반응에
나도 별일 아닌 것처럼 넘어갈 수 있었다.

그래도 학교는 가야 했다.

생각보다 아무렇지 않았다.

안대를 쓰거나 벗거나 별다를 게 없었다.

애들도 더는 나에게 관심이 없었다.

그게 아쉬운 동시에

자유로웠다.

빨개져버린

아하 글·그림

1판 1쇄 펴낸날 2024년 7월 10일
1판 2쇄 펴낸날 2025년 3월 10일
펴낸이 이현성 | **펴낸곳** 아름드리미디어
등록번호 제10-1227호 | **등록일자** 1995년 11월 6일
주소 03986 서울시 마포구 월드컵북로8길 25, 3F
대표전화 02-6353-3700 | **팩스** 02-6353-3702 | **홈페이지** www.gilbutkid.co.kr
편집 송지현 서진원 임하나 황설경 박소현 김지원 | **디자인** 김연수 송윤정
마케팅 호종민 신윤아 이가윤 최윤경 김연서 강경선 | **경영지원본부** 김혜윤 전예은
제조국명 대한민국 | **ISBN** 978-89-5582-766-8 47810

ⓒ 아하 2024

이 책은 저작권법에 따라 보호받는 저작물이므로,
저작권자와 아름드리미디어의 허락 없이는 이 책의 내용을 쓸 수 없습니다.

아름드리미디어는 길벗어린이㈜의 청소년·성인 단행본·그래픽노블 브랜드입니다.

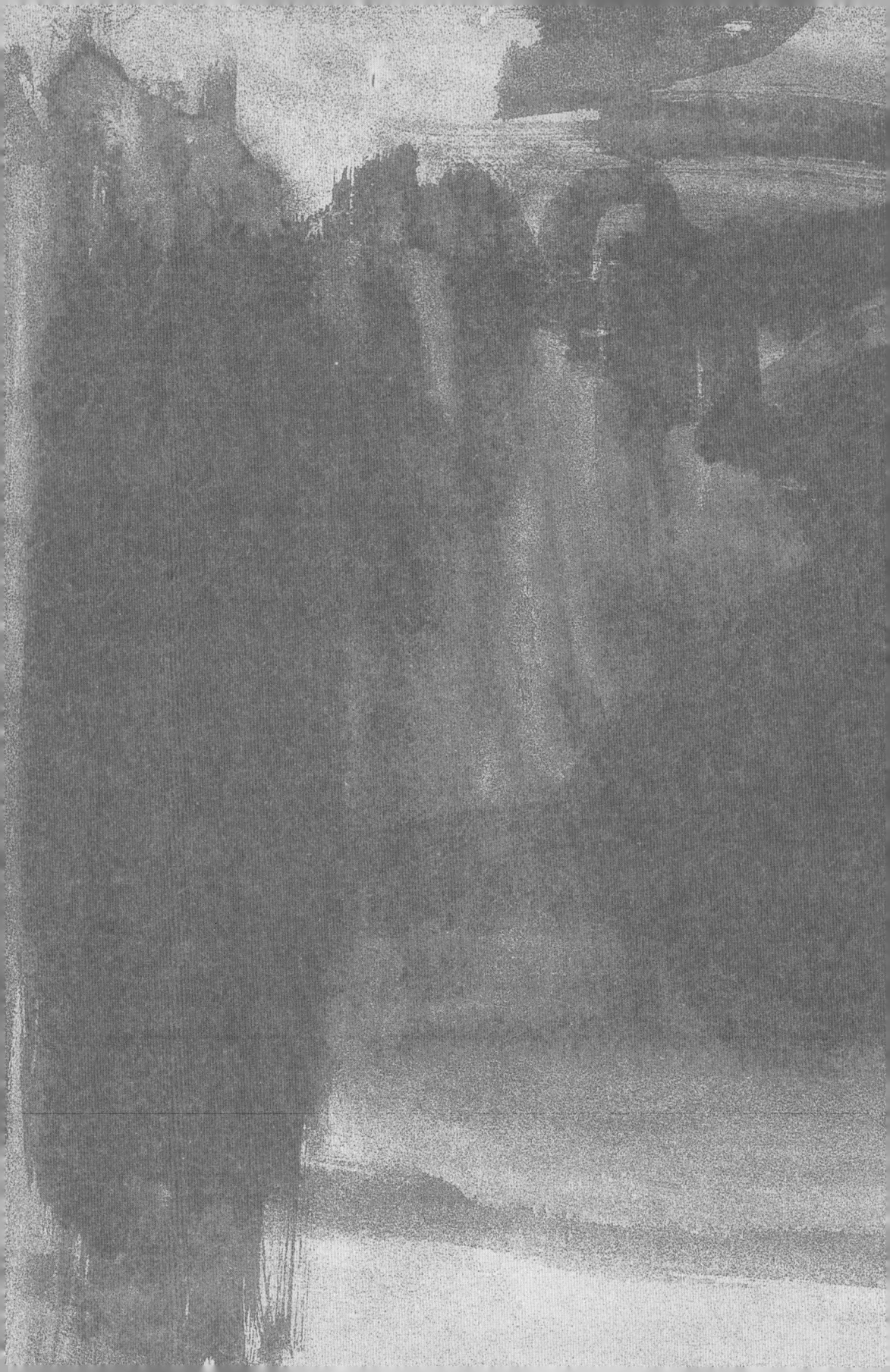